Le marchand d'éponges

Edmond Baudoin
Fred Vargas

Le marchand d'éponges

Vocabulaire par
Laure Boivin

Ernst Klett Sprachen GmbH
Stuttgart

1. Auflage 1 ⁵ ⁴ ³ ² ¹ | 2016 15 14 13 12

Alle Drucke dieser Auflage sind unverändert und können im Unterricht nebeneinander verwendet werden.
Die letzte Zahl bezeichnet das Jahr des Druckes. Das Werk und seine Teile sind urheberrechtlich geschützt. Jede Nutzung in anderen als den gesetzlich zugelassenen Fällen bedarf der vorherigen schriftlichen Einwilligung des Verlags. Hinweis zu § 52 a UrhG: Weder das Werk noch seine Teile dürfen ohne eine solche Einwilligung eingescannt und in ein Netzwerk eingestellt werden. Dies gilt auch für Intranets von Schulen und sonstigen Bildungseinrichtungen. Fotomechanische oder andere Wiedergabeverfahren nur mit Genehmigung des Verlags.

© für die Originalausgabe: „Cinq francs pièces" in *Coule la Seine*.
© Viviane Hamy, 2002, e E.J.L., 2010 pour la présente édition.
© für diese Ausgabe: Ernst Klett Sprachen GmbH, Rotebühlstraße 77, 70178 Stuttgart, 2012.
„Die deutsche Übersetzung kann hier nachgelesen werden: Fred Vargas „Die Tote im Pelzmantel" (aus dem Französischen von Julia Schoch; mit Zeichnungen von Edmond Baudoin", Aufbau Verlag, Berlin 2011."
Alle Rechte vorbehalten.
Internetadresse: www.klett.de / www.lektueren.com

Redaktion: Sylvie Cloeren
Layoutkonzeption: Elmar Feuerbach
Umschlaggestaltung: Elmar Feuerbach
Druck und Bindung: AZ Druck und Datentechnik GmbH, Heisinger Straße 16, 87437 Kempten/Allgäu

Printed in Germany

ISBN 978-3-12-591574-9

C'était fini, il n'en vendrait plus une seule ce soir. Trop froid, trop tard, il était presque vingt-trois heures à la place Maubert. Son foutu chariot de supermarché n'était pas un instrument de précision. Il fallait toute la force des poignets pour le maintenir dans le droit chemin. C'était buté comme un âne, ça roulait de travers, ça résistait. Il fallait lui parler, l'engueuler, le bousculer, mais comme l'âne, ça permettait de trimballer une bonne quantité de marchandises. Buté, mais loyal. Il avait appelé son caddie Martin, le nom d'un âne du village de son enfance.

la place Maubert une place de Paris, près de la Sorbonne – **foutu, e** *fam* verflucht – **un chariot (de supermarché)** Einkaufswagen – **la précision** le fait d'être précis, exact – **un poignet** Handgelenk – **maintenir** garder – **buté, e** verstockt – **de travers** ≠ tout droit – **résister** *ici:* se rebeller – **engueuler qn** *fam* insulter qn – **bousculer qn** *ici:* traiter qn un peu brutalement – **trimballer** *fam* porter

L'homme gara son chariot auprès d'un poteau et l'attacha avec une chaîne, à laquelle il avait accroché une grosse cloche. Gare au fumier qui voudrait lui piquer son chargement d'éponges pendant son sommeil.

Des éponges, s'il en avait vendu cinq dans la journée, c'était le bout du monde. Cinq euros, plus les huit d'hier. Enroulé dans son duvet il se coucha sur la bouche du métro, s'enroula bien serré. Jamais il n'aurait laissé Martin seul dehors. Un animal, cela demande des sacrifices.

garer parken – **auprès de** près de – **un poteau** Pfosten – **une chaîne** Kette – **accrocher** attacher – **une cloche** Glocke – **gare à qn** *ici:* qn devrait faire attention – **un fumier** *ici: fam* un homme mauvais – **piquer** *fam* voler – **un chargement** Ladung – **une éponge** Schwamm – **le sommeil** le fait de dormir – **c'est le bout du monde** *fig ici:* c'est exceptionnel – **enroulé, e** eingewickelt – **un duvet** un sac de couchage – **une bouche (de métro)** Luftschacht – **serré, e** eng – **un sacrifice** Opfer

6

L'homme se demanda si son arrière-grand-père, quand il allait en ville avec son âne, était obligé de coucher près de sa bête.

Ensuite l'homme se rappela qu'il n'avait pas eu d'arrière-grand-père, puis il se dit que ce n'était pas une raison pour ne pas y penser.
Que pouvait bien transporter l'âne de son arrière-grand-père ?

Son Martin à lui transportait des éponges, des milliers. Quand il avait découvert cette mine d'éponges à l'abandon dans un hangar de Charenton, il s'était cru sauvé.
9 732 éponges végétales, il les avait comptées, il était calé pour les chiffres, c'était de naissance.

Un euro par éponge vendue, total 9 732 euros.

une mine de qc *fig* une réserve importante de qc – **à l'abandon** verkommen – **un hangar** Lagerhalle – **sauvé, e** gerettet – **être calé, e** bien s'y connaître

transvaser *ici:* transporter – **écluser** *ici:* vider – **soit** c'est-à-dire – **une virgule** Komma – **traîner** *ici: schleppen* – **une carcasse** *ici: fam* un corps – **être le truc de qn** das Ding von jdm sein – **se foutre de qc** ne pas s'intéresser à qc

L'homme calculait le pourcentage de Parisiens acheteurs d'éponges. Un taxi s'arrêta à sa hauteur, un manteau de fourrure blanche en sortit.

calculer rechnen – **un pourcentage** Prozentsatz – **un acheteur** → acheter – **à sa hauteur** *ici:* en face de lui – **la fourrure** Pelz

merde ! *fam* Scheiße! – **ne pas sentir qn** *fam* ne pas avoir confiance en qn

Le vendeur d'éponges s'était écrasé aussi plat que possible sur la bouche de métro. Un vieux tas de fringues abandonnées dans le froid, c'était tout ce que l'assassin avait vu de lui, s'il l'avait seulement vu.

Et pour une fois, cette atroce transparence qui échoit aux sans-grade lui avait sauvé la peau.

s'écraser *ici:* s'allonger sur le sol – **plat, e** flach – **un tas** Haufen – **des fringues** *fpl fam* des vêtements – **abandonné, e** laissé – **un assassin** qn qui a tué qn – **atroce** horrible – **la transparence** *ici:* le fait que personne ne regarde qn – **échoir à qn** jdm zufallen – **un sans-grade** *ici:* un pauvre – **sauver la peau de qn** *fig* sauver qn

Il s'approcha de la femme, se pencha vers elle.

Il s'agenouilla, ramassa le sac à main et l'ouvrit. Des lumières s'allumaient aux fenêtres. Il jeta le sac et courut vers son caddie. Les flics n'allaient pas tarder à arriver. Fébrilement il fouilla dans ses poches à la recherche de la clef de son antivol.

s'approcher de venir près de – **se pencher** sich beugen – **un phoque** Seehund – **la banquise** la glace – **s'agenouiller** sich hinknien (→ un genou) – **ne pas tarder à arriver** arriver bientôt – **fébrilement** ≠ calmement – **fouiller** *ici:* chercher – **une clef** [kle] une clé – **un antivol** Schloss – **bordel !** *fam* verdammt noch mal! – **putain de…** *fam* Scheiß- – **un flic** *fam* un policier

Dans la demi-heure qui suivit, l'homme eut l'impression d'être sur une bascule. D'un côté il était un type important, le seul témoin de la tuerie. D'un autre il n'était qu'un vieux tas de fringues récalcitrant et on le secouait, on le menaçait.

une bascule Waage – **un témoin** Zeuge – **une tuerie** → tuer – **récalcitrant** qui n'a pas envie (*ici:* de coopérer) – **secouer** schütteln – **menacer** drohen – **un commissariat** Revier – **crever** *fam* mourir – **escorter qn** accompagner officiellement qn – **un gars** [ga] *fam* un homme – **j'y compte bien** je l'espère bien – **faire sauter qc** *ici:* casser qc – **un cadenas** Schloss – **rejoindre qn** retrouver qn

Le caddie avait été garé dans la cour du commissariat entre deux grosses voitures, sous l'œil inquiet du propriétaire.

Les téléphones avaient beaucoup sonné, il y avait des empressements, des consignes, des ordres. Une agitation générale parce qu'une femme en fourrure s'était fait descendre.
Sûr que si ça avait été Monique, il n'y aurait pas dix flics en train de courir d'un bureau à l'autre comme si tout le pays basculait à la mer.
La moitié de la capitale réveillée pour cette petite femme qui n'avait jamais pressé une éponge.

Le flic s'était présenté, commissaire principal Jean-Baptiste Adamsberg. Il était parti, pas loin, derrière.
Il était maintenant devant lui.

un empressement le fait de courir dans tous les sens – **une consigne** Anweisung – **un ordre** Befehl – **l'agitation** f ≠ le calme – **se faire descendre** fam se faire tuer – **être en train de faire qc** gerade dabei sein etw zu tun – **basculer** ici: tomber – **presser** ici: zusammendrücken

déranger stören – **se dissoudre** sich auflösen – **la Toussaint** Allerheiligen – **l'assistance** f **publique** Fürsorge – **s'effacer** sich verwischen – **la veine** fam la chance

un coutelier qn qui fabrique ou vend des couteaux – une bâche Plane – un trottoir Bürgersteig – un stock *ici:* une quantité – la plongée Tauchen – gorgé, e de plein de – il y a du grabuge *fam* es kracht – reposer sur dépendre de – pareil, le même

une pliure *ici:* Kniff – **longitudinal, e** → long – **atteindre à** arriver

une enquête Ermittlungen – **faire le tour de** marcher autour de – **donnant, donnant** *fam* nichts ohne Gegenleistung – **une empreinte** Fingerabdruck – **une fusillade** Schießerei – **contourner qc** um etw herumlaufen – **une bagnole** *fam* une voiture – **un coup de feu** Schuss – **basta** *fam* c'est tout

Adamsberg se leva, fit quelques pas dans le bureau.

— TU NE VEUX PAS AIDER, C'EST CELA ?

— VOUS ME TUTOYEZ ?

— LES FLICS TUTOIENT. ÇA AUGMENTE LE RENDEMENT POLICIER.

— À CE COMPTE-LÀ, JE POURRAIS TUTOYER AUSSI ?

— TOI, TU N'AS AUCUNE RAISON DE LE FAIRE. TU N'AS PAS DE RENDEMENT, PUISQUE TU NE VEUX RIEN DIRE.

— VOUS ALLEZ ME COGNER DESSUS ?

Adamsberg haussa les épaules. Il s'adossa au mur, le regarda. Le type était assez amoché, par le manque, par le froid, par le vin, qui lui avaient labouré le visage. Sa barbe encore à moitié rousse, sûrement taillée avec des ciseaux, ses yeux bleus expressifs et rapides donnaient envie à Adamsberg de discuter avec lui un bon petit moment, comme deux vieilles connaissances dans un wagon de train.

— ON PEUT FUMER ?

tutoyer qn dire « tu » à qn – **augmenter qc** etw steigern – **un rendement** ici: Leistung – **à ce compte-là** si c'est comme ça – **cogner sur qn** fam battre qn – °**hausser les épaules** mit den Schultern zucken – **s'adosser à qc** s'appuyer le dos contre qc – **amoché, e** fam ici: mitgenommen – **le manque** → manquer – **labourer** fig ici: zerfuchen – **tailler** couper – **des ciseaux** mpl Schere – **expressif, -ive** → une expression – **une connaissance** ici: une personne qu'on connaît bien

Adamsberg chassa toute interdiction avec un geste de la main, il acquiesça. Pi tira une cigarette de la poche de sa veste.

C'EST MINABLE TON HISTOIRE DU TAS DE MERDE ET DU TAS DE FOURRURE. TU VEUX QUE JE TE RACONTE CE QU'IL Y A SOUS LES GUENILLES ET SOUS LES FOURRURES?

IL Y A UN TYPE CRADINGUE QUI VEND DES ÉPONGES ET UNE FEMME TRÈS PROPRE QU'EN A JAMAIS ACHETÉ DE SA VIE.

IL Y A UN HOMME DANS LA MERDE QUI SAIT DES TAS DE TRUCS, ET UNE FEMME DANS LE BROUILLARD AVEC TROIS BALLES DANS LE CORPS.

ELLE N'EST PAS MORTE?

NON. MAIS SI ON NE COINCE PAS LE TUEUR, IL VA REMETTRE ÇA.

POURQUOI? SI ON AVAIT ATTAQUÉ MONIQUE, ON NE RECOMMENCERAIT PAS LE LENDEMAIN.

ON A DIT QUE CE N'ÉTAIT PAS MONIQUE.

chasser *ici:* refuser – **acquiescer** [akjese] dire oui – **minable** *fam* nul – **une guenille** un vieux vêtement avec des trous – **cradingue** *fam* très sale – **des tas de** beaucoup de – **un truc** une chose – **dans le brouillard** *ici: fig* dans le coma – **une balle** Kugel – **coincer qn** *fam* attraper qn – **un tueur** → tuer – **remettre ça** *fam* recommencer

haut placé qui a une position professionnelle importante – **d'où** *ici:* c'est pourquoi il y a – **qn se balance de qc** *fam* qc est égal à qn – **qn n'a rien à foutre de qc** *fam* qc est égal à qn – **filer un coup de main** aider – **se geler les couilles** *fam* avoir froid (pour un homme) – **à longueur d'hiver** tout l'hiver – **protéger qn** jdn schützen – **avoir qc sur le dos** *fam fig* devoir s'occuper de qc

tirer schießen – **surveiller** *ici:* observer – **dépanner qn** *ici:* aider qn – **tout court** *ici:* en général

Adamsberg traversa le bureau, s'arrêta devant Pi, les mains enfoncées dans ses poches.

MAIS ON S'EN FOUT, PI. ON S'EN CONTREFOUT DE CE QU'ELLE EST. ON S'EN FOUT DE SON MANTEAU, DE SON MINISTÈRE ET DE TOUS CES TYPES QUI SE CHAUFFENT LES FESSES SANS PENSER AUX TIENNES. C'EST LEUR MERDE, ET CE N'EST PAS CE SOIR QU'ON VA LA NETTOYER EN TROIS COUPS DE TES ÉPONGES. ELLE N'A PAS FAIT UN TAS, LEUR MERDE À EUX, ELLE A FAIT DES MONTAGNES. DES CRASSIERS, ÇA S'APPELLE. T'ES UN CON, PI ! ET CES CRASSIERS IMAGINE-TOI QU'ILS NE SE SONT PAS FAITS TOUT SEULS.

SANS BLAGUE ?

ILS SE SONT FAITS SUR L'IDÉE QU'IL Y A SUR TERRE DES GENS PLUS IMPORTANTS QUE LES AUTRES. QU'IL Y EN A EU, ET QU'IL Y EN AURA. C'EST FAUX. MAIS TOI, PI, TU LE CROIS.

enfoncé, e dans tief hineingesteckt – **s'en contrefoutre** → s'en foutre p.8 – **se chauffer les fesses** sich das Gesäß warm halten, *fig* avoir une bonne situation – **les tiennes** *fpl ici:* tes fesses, **penser aux fesses de qn** *fig* penser à qn – **(passer) un coup d'éponge** mit dem Schwamm über etw wischen – **un crassier** *ici:* une montagne de choses sales – **un con** *fam* Blödmann – **ne pas se faire tout seul** être fait/avoir été fait par qn – **sans blague ?** *fam* echt?

23

se taire ne pas parler – **des blagues** *fpl ici:* des histoires – **valoir** wert sein – **la sienne** *ici:* sa vie – **la tienne** *ici:* ta vie – **la mienne** *ici:* ma vie – **se tut** *passé simple de* se taire – **se rassit** *passé simple de* **se rasseoir** s'asseoir à nouveau

Ils sortirent.

foutre qn dehors *fam* mettre qn dehors – **je connais la musique** *fig* je sais comment ça se passe

Sur le quai désert de la station Cardinal Lemoine, direction Austerlitz, Adamsberg marchait à pas lents en silence, tête baissée. Pi essayait de se mettre à son rythme, car ce flic, quoique flic, était tout de même un type de bonne compagnie. Et la compagnie est ce qu'il y a de plus rare quand on pousse son chariot. Adamsberg regardait une souris courir entre les rails.

désert, e où il n'y a personne – **baissé, e** dirigé vers le bas – **quoique** [kwak(ə)] *(+ nom/adj) ici:* même s'il était… – **rare** selten – **un rond** Kreis

la circonférence Kreisumfang – **le tour** *ici:* Umfang – **ça avance à quoi ?** ça sert à quoi ?

secouer schütteln – **ce n'est pas la peine** es lohnt sich nicht – **saisir** *ici:* comprendre – **le diamètre** Durchmesser – **un cercle** Kreis – **égaler** gleich sein – **comme quoi** cela montre que... – **sacré, e** Wahnsinns- – **un coup de veine** Glücksfall – **n'importe quel, le** irgendein – **la pub** *fam* la publicité

dans le temps à l'époque – **malin, maligne** intelligent – **une montre** Uhr – **intriguer qn** rendre qn curieux – **un tampon** Stempel – **une pâquerette** Gänseblümchen – **le cul** [ky] *ici:* le bas – **le pinard** *fam* le vin – **poser une colle** *fam* poser une question difficile

un pétale Blütenblatt

Pi fit une pause, le temps que l'information soit appréciée à sa pleine valeur.

OUAIS, reprit-il en hochant la tête. C'EST MA DESTINÉE. ET C'EST QUOI, LE PLUS GRAND ROND, LE ROND ULTIME ?

apprécier qc à sa pleine valeur den Wert von etw schätzen wissen – **reprendre** *ici:* dire ensuite – °**hocher la tête** den Kopf schütteln – **la destinée** le destin – **ultime** dernier – **suivre qn** *ici:* comprendre qn – **une astuce** Trick – **mener à qc** *ici:* servir à qc – **résoudre qc** trouver la solution à qc

Adamsberg conduisit Pi à un petit hôtel situé à trois rues du commissariat. Il rejoignit son bureau à pas lents.

c'est pas charitable *fam ici:* c'est pas sympa – **tirer le gros lot** *fig* avoir de la chance

Dans son bureau, un émissaire du ministère l'y attendait depuis une demi-heure, ulcéré. Adamsberg le connaissait, c'était un jeune type brillant, offensif et trouillard.

JE QUESTIONNAIS LE TÉMOIN, dit Adamsberg en déposant son blouson en tas sur une chaise.

un émissaire qn qui est envoyé par qn – **ulcéré, e** très en colère – **offensif, -ive** qui attaque – **trouillard, e** qui a très peur – **déposer** poser

se distraire sich ablenken – **il y a urgence** es eilt – **qn se travaille** *fam* on essaie d'influencer, de faire parler qn – **une affaire** *ici:* Fall

un poing Faust – bon sang um Himmels willen – pourri, e *ici:* Dreck- – une faveur Gefallen – au vu de angesichts – les états de service Dienstverhältnis

ÇA NE COLLERAIT PAS, dit tranquillement Adamsberg. IL VEUT VENDRE SES ÉPONGES! LUI-MÊME.

Le sous-secrétaire se pencha vers Adamsberg.

— DITES-MOI, COMMISSAIRE, EST-CE QUE PAR HASARD LES ÉPONGES DE CE GARS VOUS INQUIÉTERAIENT PLUS QUE LA SAUVEGARDE...

— ... DE 4.21, compléta Adamsberg. C'EST SON NOM DE CODE ICI. ON NE PRONONCE PAS SON VÉRITABLE NOM.

— OUI, C'EST MIEUX, dit le sous-secrétaire en baissant la voix.

— J'AI UNE SORTE DE SOLUTION, dit Adamsberg. POUR LES ÉPONGES ET POUR 4.21.

— QUI MARCHERAIT ?

Adamsberg hésita. PEUT-ÊTRE. JE VAIS MARCHER UN MOMENT AVEC CETTE IDÉE.

---

se figurer s'imaginer, croire – **un agent de l'État** *ici:* un policier ou qn qui travaille pour le ministère de l'Intérieur – **démarcher** aller vers qn pour essayer de lui vendre qc – **ça ne colle pas** *fam* ça ne fonctionne pas – **lui-même** er selbst – **inquiéter qn** rendre qn inquiet – **une sauvegarde** *ici:* polizeilicher Schutz – **un nom de code** Deckname – **véritable** vrai – **baisser** → bas

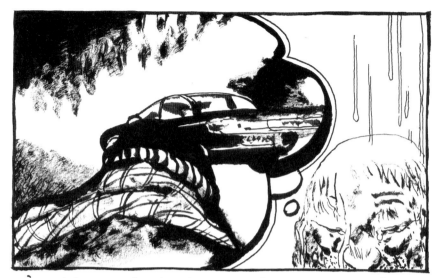

À sept heures trente du matin, le commissaire frappa à la porte de la chambre de Toussaint Pi. Le vendeur d'éponges était debout, et ils descendirent au bar de l'Hôtel.

Adamsberg commanda les cafés, lui tendit la corbeille de croissants.

frapper à la porte anklopfen – **commander qc** etw bestellen – **tendre** *ici:* donner – **une corbeille** Korb

un jet Strahl – **à la racine** *ici:* à l'endroit d'où sort l'eau – **fouetter** *fig* peitschen – **s'en sortir** aller mieux

Pi mordit dans son croissant puis fouilla dans la poche de son pantalon. Il posa un papier plié en quatre sur le comptoir.

JE VOUS AI TOUT MARQUÉ LÀ-DESSUS. LA GUEULE DU GARS, SA DÉGAINE, SES FRINGUES, LA MARQUE DE SA BAGNOLE. ET PUIS LE NUMÉRO DE LA PLAQUE.

TU AVAIS LE NUMÉRO DE LA PLAQUE ?

LES CHIFFRES, C'EST MON TRUC. C'EST DE NAISSANCE.

mordre beißen – **plié en quatre** zweimal gefaltet – **un comptoir** Theke – **une gueule** *fam ici:* un visage – **une dégaine** *fam* Aussehen – **une plaque** *ici:* Kennzeichen

(il n'y a) pas de quoi nichts zu danken

Adamsberg revint dans le café quelques minutes plus tard.

Pi fit une grimace, avala une gorgée de café.

revint *passé simple de* revenir – **ça va être du billard** *fam* ça va être facile – **une gorgée** Schluck – **fourrer** *fam* mettre

(ce n'est) plus la peine (es ist) nicht mehr nötig – **une ruse** Trick – **malhonnête** ≠ honnête
(→ l'honnêteté) – **écrabouiller** *fam ici:* presser (zusammendrücken) – **enviable** souhaitable
(→ souhaiter)

Pi fronça les sourcils.

piger *fam* comprendre – **froncer les sourcils** die Stirn runzeln – **d'ici** *ici:* dans – **gigantesque** très grand – **un manifeste** *ici:* une liste – **un rassemblement** → se rassembler – **foutre** *fam ici:* faire – **la queue** Schlange

à la con *fam* stupide – **si ça te chante** si tu veux – **un truc** *ici:* Trick – **évidemment** bien sûr – **prendre qn pour** jdn halten für – **un arnaqueur** Betrüger

Pi réfléchit pendant qu'Adamsberg payait la note.

la note *ici:* Rechnung – **il y a un os** [ɔs] *fam fig* il y a un problème – **arracher** prendre de force – **attentif, -ive** → l'attention – **se reproduire** se répéter

50

le Trocadéro une célèbre place de Paris au pied de la tour Eiffel – **une échelle** Leiter – **tu es maître à bord** *fig* c'est toi qui décides – **soucier qn** rendre qn inquiet

un salopard *fam* Dreckskerl – **lentement** → lent – **interpeller qn** *ici:* appeler qn – **prévenir qn** informer qn

DESSINER LA VILLE
des questions qu'elle me pose.

C'EST RARE QUE JE DESSINE DES PAYSAGES URBAINS.

C'EST RARE QUE JE DESSINE PARIS.

urbain, e qui se rapporte à la ville

POURTANT JE NE DETESTE PAS ESSAYER DE "DIRE" LA VILLE AVEC UN PINCEAU. ET AVEC FRED VARGAS C'EST OBLIGATOIRE.

COMMENT "DIRE" LES TOITS, LA BANLIEUE, LES RUES ?

LE MÉTAL DES VOITURES ?

JE VOUDRAIS QUE L'ON SENTE LES ÉMOTIONS QUE J'ÉPROUVE DANS LES CITÉS. QUE L'ON ENTENDE LES BRUITS, JUSTE EN REGARDANT LES DESSINS.

ENTENDRE UNE MOTO QUI PÉTARADE.

éprouver empfinden – **pétarader** knattern

COMMENT MONTRER QU'ON PEUT RESPIRER UNE VILLE ?

ET MONTRER QU'ELLE PEUT NOUS ÉTOUFFER D'ENNUI. C'EST DES QUESTIONS QUI ME PLAISENT. QUE J'ESSAIE DE RÉSOUDRE ET AVEC LESQUELLES, NATURELLEMENT, JE NE FAIS QU'ESSAYER.

étouffer *ici:* donner l'impression de ne plus pouvoir respirer

la solitude le fait d'être/de se sentir seul

LA MENACE.
Pour les "Quatre fleuves" Fred Vargas m'a fait ainsi me promener dans Paris.

Pour le "marchand d'éponges" elle m'a même fait descendre dans le métro.

CE N'EST PAS COMME PEINDRE LA MER,
MAIS PEINDRE LA MER C'EST IMPOSSIBLE AUSSI.

MERCI FRÉDÉRIQUE.

Liste des abréviations

≠	antonyme de
→	mot de la même famille
°	h aspiré (pas de liaison : le / la devant un substantif, je devant un verbe)
etw	etwas
f	féminin
fam	familier
fig	figuré
fpl	féminin pluriel
jdm	jemandem
jdn	jemanden
m	masculin
mpl	masculin pluriel
qc	quelque chose
qn	quelqu'un